ÉPITRES

A M. ALFRED POTIQUET

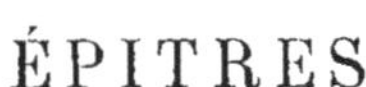

LAURÉAT DE L'INSTITUT

(ACADÉMIE DES SCIENCES)

CHEVALIER DE LA LÉGION D'HONNEUR

1875-1877-1881

Par M. FEUILLOLEY

ANCIEN MAIRE DE MAGNY
ANCIEN MEMBRE DU CONSEIL GÉNÉRAL DE SEINE-ET-OISE
CHEVALIER DE LA LÉGION D'HONNEUR

IMPRIMERIE DE MAGNY-EN-VEXIN

F. NAIN, DIRECTEUR

—

1881

ÉPITRES

A M. ALFRED POTIQUET

Par M. FEUILLOLEY

ÉPITRES

A M. ALFRED POTIQUET

LAURÉAT DE L'INSTITUT

(ACADÉMIE DES SCIENCES)

CHEVALIER DE LA LÉGION D'HONNEUR

1875-1877-1881

Par M. FEUILLOLEY

ANCIEN MAIRE DE MAGNY

ANCIEN MEMBRE DU CONSEIL GÉNÉRAL DE SEINE-ET-OISE

CHEVALIER DE LA LÉGION D'HONNEUR

IMPRIMERIE DE MAGNY-EN-VEXIN

F. NAIN, DIRECTEUR

1881

Monsieur et cher compatriote,

Charmé de vous voir consacrer à des recherches sur l'histoire du Vexin le peu de loisirs que vous laissent vos fonctions, je vous adresse, à ce sujet, une petite pièce de vers où j'ai imité, autant que possible, les épîtres familières d'Horace, et que j'avais même d'abord composée en vers latins.

Veuillez en agréer l'hommage et me permettre de l'adresser aussi à quelques compatriotes, car je voudrais que votre nom, l'un de ceux qui honorent le canton de Magny, fût plus connu parmi nous.

FEUILLOLEY.

Magny-en-Vexin, mai 1875.

1 8 7 5 [1]

Puisqu'à ce beau pays où tu reçus le jour
Tu gardes, Potiquet, un si constant amour,
Et qu'aujourd'hui surtout, au seuil de la vieillesse
Nous te voyons, pour lui, redoubler de tendresse;
Puisque de son passé les doctes monuments
De tes rares loisirs charment tous les moments,
Brisant quelques anneaux d'une trop lourde chaîne,
Reviens le visiter à sa fête prochaine.

Sans la vieille amitié que rien ne peut changer
Dans ton pays natal tu serais étranger;

(1) M. Potiquet, alors chef du bureau de l'Ingénieur en chef du
département de la Seine, s'était fait connaître par des ouvrages
scientifiques, dont l'un a été couronné par l'Institut. Admis depuis à la
retraite, il a publié des études très intéressantes sur l'histoire et les
antiquités du canton de Magny: éphémérides, recherches historiques,
statistiques, etc.

Tu ne connaîtrais plus nos routes, nos villages,
Nos fermes, nos châteaux, les bois ni les herbages,
Tant le progrès triomphe et l'art même est vainqueur.

Mais je n'ai pas en vain fait appel à ton cœur,
Te voilà, je suis prêt; mettons-nous en campagne,
Et permets que ma muse aussi nous accompagne.

Reconnais-tu Magny, la gentille cité
Où s'élève le toit par mon père habité?
Des enfants du Vexin c'est la terre promise;
Au penchant d'un coteau modestement assise,
Ses pieds baignent dans l'onde au milieu des vergers;
Son front est couronné d'ormeaux et de pommiers,
Et de tendres tilleuls l'élégante verdure
Dessine ses contours et forme sa ceinture.
Tandis que dans ses murs, qui furent des remparts (1),
Fleurissent le travail, le commerce et les arts,
Sur les coteaux voisins s'élèvent en étages
D'élégantes villas, de gracieux cottages,
Où règne cette douce et saine activité

(1) Voir le plan de Magny en 1725, par M. Potiquet.

Aussi loin du travail que de l'oisiveté.
Regarde, Potiquet, l'heureux propriétaire
Cultivant son jardin, son verger, son parterre.
Ces soins et l'amitié partagent ses loisirs.
De beaux fruits, des primeurs, ce sont là ses plaisirs ;
Il taille ses poiriers et palisse ses treilles,
Il cultive la rose et la fraise vermeilles...
Et c'est fête à l'enclos, le jour où dans son sein
De Parisiens joyeux vient s'abattre un essaim.

Choisis sur ces coteaux l'heureuse solitude
Où bientôt, libre enfin, dans les bras de l'étude
Tu chercheras aussi la douce oisiveté :
Après tant de travaux repos bien mérité !

De fertiles hameaux la ville environnée
Des plus riches moissons se pare chaque année.
Blamécourt et Charmont, nos temples de Cérès,
Étalent sous ses yeux leurs splendides guérets.
La Beauce admirerait ces innombrables gerbes ;
La Hollande envierait ces génisses superbes.

Sous les puissantes mains de Guesnier et d'Hamot
Il semble que la ferme ait dit son dernier mot (1).

Artiste, voici même un bas-relief antique :
Ce char avec un joug, attelage rustique
Que, l'aiguillon en main, au pas lent de ses bœufs
Mène ce jeune gars, pensif et blond comme eux (2).

Reconnais-tu l'Aubette et son léger murmure?
Sous ces ombrages frais, sous ces dais de verdure,
Dans les champs et les prés, la nymphe tour à tour
Se dérobe à nos yeux ou s'offre à notre amour,
Et ses sœurs, à l'envi, pour accroître ses ondes
Déversent dans son sein leurs urnes moins profondes.
Aubette, doux ruisseau, charme de nos vallons,
Quand César sur tes bords planta ses pavillons (3),
Il crut revoir en toi cette source enchantée

(1) C'est ainsi que Thomsom, dans son poème des *Saisons*, termine la description des belles fermes de l'Écosse, auxquelles aujourd'hui les cultures de nos pays n'ont plus rien à envier.

(2) Rien de plus pittoresque, dans nos champs et sur nos routes, que ces attelages de bœufs récemment introduits dans plusieurs grandes exploitations rurales.

(3) Un camp romain existe à la source de l'Aubette (*Albunea*), et la chaussée voisine (de Paris à Rouen), qui traverse Magny et plusieurs de nos communes, porte encore le nom de Jules César.

Que Tibur adorait et qu'Horace a chantée ;
Il te donna son nom, et, depuis deux mille ans,
Sous ce beau nom romain tu fécondes nos champs.
Aujourd'hui sur ton cours la déité nouvelle,
L'Industrie, à pas sûrs, s'avance et se révèle ;
L'usine aux murs noircis s'abreuve de tes eaux,
Sa grande cheminée excède tes côteaux,
Et son sifflet aigu, du fond de ta vallée,
Pour le hameau lointain et la ferme isolée,
Le laboureur en plaine et l'ouvrier des bois
De l'antique clocher aide la faible voix.

Veux-tu sur d'autres bords, en d'immenses prairies,
Promener, cher ami, tes doctes rêveries ?
L'Epte à nos yeux charmés prodigue ses trésors ;
La nymphe si coquette aux remparts de Gisors
Revêt ici pour nous ses costumes champêtres :
Tantôt elle se plaît sous des berceaux de hêtres,
Sous le peuplier vert ou le tremble argenté ;
Tantôt, en plein soleil étalant sa beauté,
Elle contemple au loin, dans les gras pâturages,
De grands troupeaux de bœufs errants sur ses rivages.
Cyclopes de Virgile, où sont vos lourds marteaux
Qui tombent en cadence et domptent les métaux ?

L'Epte, unissant à Bray la force avec la grâce,
Sourit aux vieux récits de vos antres de Thrace (1).

Nymphe et muse sont sœurs; sortant du sein des eaux,
La nymphe nous conduit au sommet des coteaux.
Quel coup d'œil enchanteur! Dans ces belles vallées,
Ce ne sont que grands parcs aux ombreuses allées,
Que châteaux dont plusieurs, enfants de nos vieux forts,
Rappellent leurs aïeux qui défendaient ces bords.

La Paix n'a pas toujours habité ces bocages ;
Des flots de sang humain ont rougi ces rivages.
Gaulois, Français, Anglais, châtelains et vassaux,
Ont livré sur ces prés d'innombrables assauts.
Aussi quand, de nos jours, au pied de la colline
S'élève, où fut un fort, une moderne usine,
L'ouvrier, en creusant ces nouveaux fondements,
Trouve, saisi d'effroi, près de grands ossements,
Des casques, des brassards, des dards rongés de rouille,
De guerriers d'un autre âge authentique dépouille (2).

(1) L'Epte fait mouvoir à Bray les puissantes machines métallurgiques de la Vieille-Montagne.
(2) Voir la première note.

Mais Santeuil et Boileau, par leurs divins accords,

T'entraînent malgré toi vers la Seine et ses bords ;

Illustre Despréaux, quand du manoir d'Hautisles,

Promenant tes regards sur le fleuve et ses îles,

Tu fis pour Lamoignon ce ravissant tableau (1),

Poëte, d'un pêcheur détachant le bateau,

Que n'as-tu, comme nous, de ton humble village,

Ta muse au gouvernail côtoyé le rivage ?

Votre barque eût glissé sur le mouvant cristal

Où se mirent Vétheuil, La Roche et Roconval.

Quelle est de l'art des vers la magique puissance ?

L'église de Vétheuil, fleur de la Renaissance

Éclose au pied des monts du souffle d'un grand roi (2),

Au granit, à l'airain, survivrait avec toi (3).

Nous te suivons, ravis, dans ce grand paysage

---

(1) Voir, dans la seconde note, le commencement de l'épître de Boileau-Despréaux au premier président de Lamoignon, datée de Haute-Isle.

(2) François Ier. Voir la troisième note.

(3) Horace termine ainsi le recueil de ses odes :

> « *Exeqi monumentum ære perennius...* »
> Au granit, à l'airain vous survivrez, mes vers.
> Quand tout sera détruit, temples, palais, colonnes,
> Vos lauriers toujours verts... Etc., etc.

Les grands poètes font partager leur immortalité aux objets qui les ont inspirés. Boileau a immortalisé Haute-Isle.

Qu'animent tour à tour la pêche et le halage.
Au vieux port de La Roche amarrant ton bateau,
Tu débarques; soudain arrivent du château
Et le duc (1) et sa cour, la beauté, le génie,
Sévigné, Lafayette, illustre colonie...

Ce rocher de Guyon et sa terrible tour
Fut longtemps parmi nous une aire de vautour,
D'où le grand carnassier s'abattait sur la Seine
Et prenait son essor pour ravager la plaine.
Manants et bateliers payez, payez le droit.
Nul ici n'est exempt que l'Église et le roi;
« Car tel est mon plaisir : » c'était là sa devise (2).

Il craignait peu le roi, mais redoutait l'Église.
Du Dieu qui nous créa quand enfin la bonté
Eut pitié du Vexin et de l'humanité,
Il fixa ses regards sur ce lieu de carnage :
D'un La Rochefoucauld il en fit l'apanage...

(1) Le duc de la Rochefoucauld, l'auteur des *Maximes*.

(2) « Car tel est mon plaisir. » Cette devise des seigneurs de la Roche-Guyon se voit encore au château sur les débris de la féodalité échappés à la Révolution. Les La Rochefoucauld l'ont conservée; mais, eux, leur plaisir est de faire le bien.

Dans ces siècles de fer, au milieu du hameau
Se dressait comme un spectre un gothique château.
Le pauvre paysan blotti dans sa tanière
Regardait en tremblant la noire meurtrière,
Tandis que le seigneur retranché dans son fort
N'en sortait qu'en criant : Le pillage et la mort !

Les temps sont bien changés : la morderne demeure
Au pauvre, au malheureux est ouverte à toute heure ;
Au lieu du pont-levis et des chemins couverts,
Des corbeilles de fleurs, des gazons toujours verts
Au seuil hospitalier guident sans préférence
La pauvreté timide et l'heureuse opulence.
Là règnent, cher Alfred, le goût, l'urbanité,
Et se cache aux regards la douce charité ;
Là le mérite enfin est le titre suprême :
Heureux si je pouvais t'y présenter moi-même.
L'on me dirait partout : qu'il soit le bien venu,
Ici de votre ami le mérite est connu.
Mais le temps inflexible a limité nos heures ;
Salut donc, en passant, à ces belles demeures !

Un jour, si, revenu dans ton pays natal,
Tu veux à ce Vexin, que l'on connaît si mal,

De l'école moderne appliquer la science
Et d'un bénédictin l'antique patience,
Nos châteaux, à l'envi, t'ouvrent leurs chartriers :
Villarceaux et La Roche aux merveilleux terriers,
Villers et tous enfin, Magnitot et Copierres...
De riches matériaux quelles vastes carrières !
Déjà ta main savante a, par de longs efforts,
De celle d'Hallincourt épuisé les trésors (1).

L'Église, qui mille ans sur l'affreux moyen âge
Surnagea comme l'Arche, a, dans ce grand naufrage,
D'une étude pour toi sauvé les éléments.
Admire, en attendant, ses sacrés monuments :
Vétheuil et Saint-Gervais aux ravissants portiques,
Villers, Montreuil, Arthie aux vestiges gothiques ;
Des saints Ansbert et Clair et du grand saint Romain
Adore les autels et reconnais la main (2) ;
Vois Saint-Pierre aux deux nefs (3), le clocher d'Omer-
La Roche, enfin Magny, ta paroisse, ta ville... [ville,

(1) Voir la quatrième note.

(2) Saint Romain, né à Wy-Joli-Village, et saint Ansbert, originaire
de Chaussy, furent archevêques de Rouen. Leur mémoire subsiste
encore dans ces deux communes. Voir la *Notice sur le canton de Magny*,
par M. Feuilloley.

(3) Genainville.

Au fond des chartriers quand ton œil exercé,
En terme de pratique, aura tout compulsé,
Je te vois abordant l'antique sacristie ;
Une histoire vit là, qu'on croit anéantie.
Mais il faut des loisirs... Aujourd'hui le devoir
Loin de nous te rappelle ; adieu donc, au revoir.

MAI 1877 [1]

L'hiver fuit, du zéphir, l'haleine printanière,
Délivre des bourgéons la sève prisounière.
Et je revois encore, au déclin de mes ans,
Les premiers beaux soleils succéder aux autans.
Quittant ce vieux Paris où la verdure hâtive
Comme une pauvre enfant précoce et maladive
Brille un instant et meurt, reviens sur nos coteaux
Où l'air anime tout de l'homme aux végétaux,
Où bientôt le vent d'est imprégné de bruyère

(1) Entraîné par mon sujet, j'avais fait cette seconde épître beaucoup trop longue, et j'ai dû en retrancher de nombreux passages. Mon seul but, du reste, en publiant ces fragments, est de rendre hommage aux travaux historiques de M. Potiquet, qui ne laissera rien à glaner après lui dans notre canton, même en fait de beaux-arts.

Un seul point sous ce rapport a échappé à toutes ses recherches ; il a bien démontré que nos magnifiques statues de la famille Villeroy ne sont pas de Germain Pilon, comme le croyait M. Alexandre Lenoir, mais il n'a pu découvrir le nom du sculpteur.

Versera sur Magny, du haut de la Meulière (1),
La force et la santé ; reviens et sois certain
Qu'on peut reprendre encor nos courses du matin.

Que j'aime en parcourant nos routes, nos villages
Avec toi, Potiquet, à remonter les âges,
Des hommes d'autrefois à repeupler ces lieux
Et croire en t'écoutant vivre avec nos aïeux.

. . . .

Mais, hélas, quel chaos de maux et de misères
Jusqu'au jour où la Muse au fond de leurs chaumières
Fit entendre sa voix et, l'Evangile en main,
Revendiqua pour eux les droits du genre humain,
La Muse... à ses accents tout renaît (2); la Déesse,
En bégayant les noms de Rome et de la Grèce,
A réveillé les arts et sorti du néant.
Le Progrès de nos jours marche à pas de géant.

. . . .

(1) Rang de collines boisées à quelques kilomètres de Magny et
dominant le beau village de Serans-le-Bouteiller, jadis le Fauconnier.
(2) La Renaissance ne date en France que du règne de François 1er
1515), et son développement fut d'abord très pénible et très lent.

Ainsi, sans remonter plus haut que notre enfance,
Je revois avec toi la vieille diligence
S'arrêtant, haletante, au moindre raidillon
Qu'une autre descendait comme un vrai tourbillon ;
Et ces vingt voyageurs sevrés d'air et d'espace
Qui huit jours à l'avance avaient payé leur place ;
Puis la poste et son train, aux riches réservé,
Faisant claquer son fouet et brûlant le pavé ;
Enfin des lourds rouliers les files tout entières
Suivant comme des rails de profondes ornières.
Qui nous eût dit alors qu'au penchant des côteaux,
Dans la plaine fertile, au sommet des plateaux,
Le voyageur un jour sur nos routes sablées
Se croirait dans un parc aux superbes allées !
Qui nous eût dit surtout qu'aussi prompt que le vent
Un véhicule en feu, comme un monstre vivant,
Sur des routes de fer, à la surface unie
Emporterait d'humains toute une colonie,
Tandis qu'à ses côtés, sans bruit, sans mouvement,
Un fil mystérieux comme l'antique aimant
Plus sûr que la parole, invisible fusée,
Aux limites du monde a transmis ma pensée

. . . .

Après la métairie et le moulin banal
Nous revoyons la ferme et son vieil arsenal (1):
Le fléau, la faucille..., et partout la chaumière
Et la plaine asservie à la triste jachère.

. . . .

Le travail et les arts ont transformé nos champs,
Je cherche en vain le chaume abri des anciens temps.

. . . .

L'étude a dévoilé les lois de la nature,
La terre se délasse en changeant de parure.

. . . .

Ce n'est pas ce Progrès, Titan audacieux (2)
Qui menace parfois d'escalader les cieux;
Le nôtre ne se plaît qu'aux luttes pacifiques :
Un comice, un concours sont ses jeux olympiques,
Et son triomphe enfin exalte tous les cœurs
Quand Cérès à Magny couronne les vainqueurs.

(1) *Duris agrestibus arma.* Virgile.
(2) Rien de plus curieux dans les poètes anciens que cette allégorie
des Titans essayant d'escalader le ciel et foudroyés par Jupiter.

Patronne du Vexin où fleurit notre ville

Pour chanter vos bienfaits il faudrait un Virgile.

Il dirait vos combats ; aux siècles féodaux,

Bacchus régnant en maître aux flancs de nos coteaux

Et le thyrse à la main vous disputant les plaines (1),

Vous avez sur le Dieu reconquis vos domaines.

Et quand Pomone enfin seconda vos efforts

Vous l'avez sans retour expulsé de nos bords.

Quant à moi partageant de doctes promenades

J'ai revu la vendange et presque les ménades.

. . . .

Patronne du Vexin, c'est vous, quand la Terreur

Partout autour de nous signalait sa fureur,

C'est vous qui, du fléau conjurant les ravages,

Avez de notre sol éloigné les orages (2).

. . . .

(1) Toutes les communes de notre canton ont des trièges nommés encore aujourd'hui *les Vignes*. C'est, avec quelques parcelles sur les coteaux de la Seine, le seul vestige de nos vignobles.

(2) Notre contrée, essentiellement agricole, est, en effet, restée pure des crimes de la Terreur, mais elle a fourni son douloureux contingent de victimes ; à celles que nous connaissons, il faut en ajouter une. M. Potiquet a trouvé sur une longue liste de personnes traduites devant

Avec de vieux contrats, des aveux, un terrier
Tu ressusciterais un pays tout entier.

Aujourd'hui c'est Saint-Clair et ses hôtelleries
A l'huis étroit et bas, aux longues galeries ;
Voici le Compas d'or ; au pignon ogival
Pend l'enseigne où je lis : loge à pied, à cheval.
Car en ce bon vieux temps que l'ignorance envie,
Quoique l'écho souvent redit : bourse ou la vie,
Le plus riche marchand, le prélat, le guerrier
Allaient par monts et vaux le pied dans l'étrier,
Et la fille du roi, même un jour d'hyménée,
Avait pour tout carrosse une belle haquenée.

Sous le manteau de l'âtre, un voyageur assis
Sèche ses vêtements et ses membres transis.

le tribunal révolutionnaire, le 28 avril 1794, condamnées à mort en masse et guillotinées le jour même, le nom de la marquise de Vallière, dame de Magny et de Saint-Gervais.

C'est elle qui, en 1778, avait posé la première pierre des Piliers, dont M. de Crosne, intendant de Rouen, avait ordonné la construction pour remplacer à Magny la porte de Paris, et, par une triste coïncidence, M. de Crosne et elle ont été guillotinés le même jour. Ainsi, trois des personnages dont les noms figurent sur l'inscription de ce monument ont péri sur l'échafaud.

Plus heureux, M. Dailly, notre compatriote, et, comme M. de Crosne, l'un des bienfaiteurs de Magny, a survécu à la Terreur. Il est mort sénateur sous le Consulat.

Attendant son souper, il conte à l'assistance
Comme quoi, compagnon, il fait son tour de France.
Il a vu du pays... Aux récits merveilleux
Les gens ne soufflent mot, se regardant entr'eux.

Mais, silence, écoutons, c'est une psalmodie,
Ce sont des pèlerins, l'un pauvre qui mendie,
Les autres, grands seigneurs ou bourgeois opulents,
Mais tous grands et petits leurs pas sont chancelants,
C'est que tous sont privés de la douce lumière
Et vont au bon Saint-Clair adresser leur prière ;
Quand dans l'onde sacrée ils ont lavé leurs yeux
Ils renaissent soudain à la clarté des cieux.

Quel est ce cavalier ? Sous sa blanche équipée
J'aperçois en tremblant le pommeau d'une épée ;
Est-il moine ou seigneur ? Ferme sur l'étrier,
Il pousse avec vigueur un puissant destrier ;
Au qui-vive des tours, parti des meurtrières,
Sa forte voix répond : Commandeur à Louvières (1).

(1) Louvières, hameau de la commune d'Omerville, était le chef-lieu
d'une commanderie de l'Ordre de Malte, qui a subsisté jusqu'à la
Révolution.

Et tes savants récits font revivre à mes yeux
Ces moines chevaliers, effroi de nos aïeux.

. . . .

L'Epte dans ses détours, ses gués et son rivage
Du Scamandre troyen nous offre ici l'image.
Que de fois sur ses bords un Achille, un Hector
Ont frappé de grands coups, tandis qu'un vieux Nestor
Y parlait sagement ; mais leur gloire éphémère
A passé comme une ombre à défaut d'un Homère,
Et toi seul, aujourd'hui, peux raconter parfois
De l'un de ces héros les fabuleux exploits.

. . . .

Saint-Clair brille aujourd'hui par ses beaux pâturages
Où, sans s'apercevoir qu'ils ont changé d'herbages,
Paissent paisiblement dans les prés de Toutain
La génisse hollandaise et le blond cotentin.

. . . .

Quand de la Seine un jour les naïades charmantes
Guideront notre barque entre La Roche et Mantes,
Sur la tour des Guyon dont un roi fut vassal (1),

(1) **M.** Potiquet discute ce fait, que la poésie, moins scrupuleuse, admet sans difficulté.

Tu nous évoqueras le spectre féodal.

Et soit dans nos hameaux où de l'humble famille

On respecte aujourd'hui la chaumière et la fille,

Soit dans nos vieux châteaux où règnent désormais

La douce bienfaisance et les arts de la paix,

Il nous apparaîtra regorgeant de carnage

Et traînant après soi le viol et le pillage.

Mais les temps sont changés, au siècle de Louis

D'un reflet de la cour nos yeux sont éblouis ;

Loin d'ici les combats, les assauts, les batailles,

Haute-Isle est le Parnasse et La Roche est Versailles.

Aussi toi, mon ami, d'un guerrier redouté,

D'un roi, d'un grand seigneur, d'une aimable beauté,

Trouvant là tour à tour la vivante mémoire,

Tu réconcilieras la Légende et l'Histoire.

.   .   .   .

Enfin quand le soleil descend à l'horizon,

Nous regagnons gaîment la ville et la maison ;

Ma maison, mon jardin, heureuse solitude

Que charment l'amitié, la famille et l'étude ;

La ville, ta cité, qui parmi ses enfants

M'accueillit comme un fils, dès mes plus jeunes ans.

Là, tandis que ta main avec idolâtrie,

Élève un monument à ta chère patrie,
Tu veux que ton ami, disciple de Boileau,
De son modeste enclos esquisse le tableau.
Le cadre est trop étroit pour un grand paysage,
Une antique demeure et son noble apanage,
Mais n'admet pas non plus, au milieu des vergers,
D'un châlet parisien les attributs légers.

Chez moi, c'est la Nature en sa simple tenue,
A qui Flore et Pomone offrent la bienvenue.
Le site de leur choix est un riant coteau ;
Préfère qui voudra le sommet du plateau
Où la bise dessèche et l'herbe et la pensée,
Soit le fond du vallon où la froide rosée
Menace l'arbre en fleur et le frêle poumon.
Ici les airs sont doux ; le rideau d'Archemont
Des outrages du Nord défend les jeunes treilles :
La treille et l'espalier, ce sont là nos merveilles.
Dans le bosquet serpente au milieu des gazons
Un sentier qui, parfois, s'enfuit sous les buissons ;
Point de mur ni de grille, une clôture vive
Ménage des hameaux l'aimable perspective.
Le dirai-je? Souvent au delà des remparts
Une oasis en plaine arrête mes regards,

C'est le champ du repos, la demeure suprême
Où dorment mes aïeux, en m'attendant moi-même.
Mes aïeux... ce sentier c'est eux qui l'ont tracé;
Ce banc où je m'assieds, mon père l'a placé;
Ce chêne est feu mon frère et ce myrte est ma femme.
Arbres de mon jardin auriez-vous donc une âme !

. . . .

Demain, du roi Henri, du premier des Césars,
Nous chercherons ici les monuments épars;
César nous guidera sur sa belle chaussée;
Mais où campait Biron et sa maréchaussée,
Quand son roi du Vexin assiégeait les châteaux,
N'est-ce pas dans ces prés, au pied de nos coteaux (1)?
C'est ainsi que partout un site, une ruine,
D'un usage parfois la secrète origine,
Un nom même d'un fait unique souvenir;
Tout enfin, le passé, le présent, l'avenir
Charmeront nos instants jusqu'au jour où l'automne,
De l'été sous nos pas effeuillant la couronne,
Confinant ma vieillesse aux lieux que je chéris,
Te rendra pour six mois aux amis de Paris.

(1) Ces prés se nomment encore les Maréchaux. C'est probablement là qu'ont été écrites les lettres d'Henri IV, datées : *De mon camp devant Magny*.

1881

Quoique des deux Vexins l'une des capitales,
Magny, jusqu'à ce jour n'avait point eu d'annales,
Tandis que près de nous, Chaumont, Vernon, Gisors,
De leurs antiquités étalent les trésors,
Magny se contentait d'une simple notice,
Des mœurs de nos aïeux faible et légère esquisse,
Quand un de ses enfants dont, parmi vingt rivaux,
L'Institut autrefois couronna les travaux,
A mis la main à l'œuvre et fouillant nos archives
A fait jaillir du sol les sources les plus vives.

Grâce à toi, Potiquet, le Vexin aujourd'hui,
A partir de Clovis, a sa chronique à lui,
Et même au moyen âge, obscur et long dédale,
Apparaît fréquemment l'empreinte féodale ;

Enfin presqu'oublié jusqu'au temps des Valois
Ce pays dans l'histoire a reconquis ses droits.

Mais ce n'est point assez et ton ami désire
De te voir remonter jusqu'à Rome et l'Empire :
Je voudrais notamment du conquérant romain
Rechercher avec toi, son *Commentaire* en main (1),
Les traces parmi nous : C'est là par la dixième
Qu'il remplaça, tel jour, sa garde et la neuvième (2) ;
Par cette étroite voie il sortit de Ducourt (3)

(1) César, dans ses *Commentaires*, raconte la conquête des Gaules, qu'il soumit en dix ans (59 ans avant l'ère chrétienne). C'est un ouvrage du plus haut intérêt pour nous, et où l'on voit le rôle des habitants du Vexin dans la défense des Gaules.

(2) La garde, *veteranorum manus*.

On disait à Rome la dixième, en sous-entendant le mot légion, comme nous disons le dixième de ligne, en sous-entendant le mot régiment.

La dixième était la légion favorite de Jules César dans la guerre des Gaules.

(3) Ducourt, *Ducum curia*, l'hôtel de l'état-major. Les troupes campaient sur le vaste plateau voisin, nommé, à cause de cela, *Mons terribilis*, aujourd'hui le Mont-Terrier.

Ducourt est, comme Estréez et Archemont, que nous citons plus loin, l'un des hameaux de la belle commune de Saint-Gervais.

Pour aller occuper la Meulière et Nucourt (1);
Sur tel point de la Seine il franchit le rivage;
De l'Epte à Beaujardin, il força le passage (2).

Des remparts de Magny contemple ce hameau,
Ce charmant paysage au penchant d'un coteau,
C'est Estrez dont le nom et l'antique chaussée
De Rome et des Césars évoquent la pensée. (3)

(1) Il existe à Nucourt, près de la source de l'Aubette, un emplacement qui porte éncore le nom de camp de Jules César. M. Achenbach Wahl, de Nucourt, a publié chez Petit, imprimeur-libraire à Magny, une étude très intéressante sur ce camp et les opérations militaires qui s'y rattachent.

Une action décisive entre Jules César et les Gaulois du Vexin et du Beauvoisis (*Vellocasses, Bellovaci*) a eu lieu près de Magny. La plupart des savants en placent le théâtre sur la Molière ou Meulière. D'autres indiquent Montjavoux (*Mons Jovis*), point stratégique également fort important, et dont l'église est bâtie sur l'emplacement du temple de Jupiter.

(2) Beaujardin, nom moderne d'un ancien village où abondent les souvenirs romains et où existait un des sept gués auxquels la rivière d'Epte doit, dit-on, son nom. Nous espérous que M. le comte de Boury, maire de Montreuil-sur-Epte, voudra bien publier le résultat de ses études sur ce beau cours d'eau et sa magnifique vallée.

(3) Estrez ou Estréez, en latin *strata*, sous entendu *via*; noms que les Romains donnaient aux parties pavées ou empierrées de leurs routes stratégiques et qui est commun en France à beaucoup de localités; les Anglais disent *street*.

La rue principale d'Estréez se nomme encore la chaussée de Jules César, et, en la nivelant dernièrement, l'on y a trouvé une monnaie romaine.

La coiffure des impératrices sur nos médailles semble avoir servi de modèle à celle de la reine sur les monnaies anglaises.

De la conquête ici veux-tu des monuments?

Voici le Châtelet, vaste amas d'ossements;

Voici, trouvés partout dans les plaines voisines,

Des Galba, des Néron et de belles Faustines.

D'une villa d'Estrez tu connais le chemin (1),

Viens donc fouiller ce sol encor presque romain,

Adore la Naïade à l'Aubette si chère,

Des Boves dont le site a pu charmer Tibère,

Dessine d'Archemont le ravissant coteau

Dont un fort impérial couronnait le plateau (2).

C'est ainsi que chez nous, dans les moindres villages,

Les souvenirs romains ont traversé les âges.

Du premier des Césars à notre premier roi

Quel champ pour un glaneur aussi patient que toi.

Le Druide avait fui devant les Dieux de Rome,

Mais quand parmi ceux-ci survint le fils de l'homme,

Quelle terrible lutte ! Et les premiers chrétiens.....

(1) Estréez est la résidence de M. Quatrelivre, officier d'Académie et adjoint de la commune de Saint-Gervais, ami de M. Potiquet.

(2) Ici la plupart des noms sont latins: Le Châtelet, *Castellum*; le petit ruisseau d'Estréez, le ru, l'un des plus jolis affluents de l'Aubette, *Albunea*; les Boves, *boves*, superbe habitation sur les confins d'Estréez et de Magny; Archemont, *arcis mons*, la colline du fort, etc., etc.

H faut pour les trouver des yeux comme les tiens.

Tu découvres leur pas au fond d'une carrière,

Tu fais dans les hameaux parler la croix de pierre.

Des légendes parfois recueillant les lambeaux

Des saints et des martyrs tu cherches les tombeaux.

Par l'affreux proconsul vainement poursuivie,

Au prix de son honneur pouvant sauver sa vie,

Cette vierge chrétienne a choisi le trépas ;

Entre le crime et Dieu son cœur n'hésita pas.

Ailleurs gît un soldat qui de la foi nouvelle

Arbora le drapeau, prêt à mourir pour elle.

Il scella de son sang la loi de charité

Que ne connut jamais la froide antiquité,

Et dont la voix du Christ avait doté le monde.

Tant du culte nouveau l'influence est profonde !

Du grand drame romain après le dénouement,

Elève à ton pays un autre monument,

Sois son Plutarque, ami ; le Vexin te convie

De ses illustres morts à retracer la vie (1).

(1) *Les Vies des hommes illustres*, par Plutarque, auteur grec du premier siècle de notre ère, sont un des monuments les plus précieux de l'antiquité.

Pour être le Plutarque du Vexin, M. Potiquet n'a, presque, qu'à réunir les notices biographiques disséminées dans ses ouvrages.

Les uns nous ont ouvert des horizons nouveaux,
D'autres ont de Cérès ennobli les travaux,
Ou brillé par l'esprit, les talents, le courage.

Tu n'as pas, comme moi, l'excuse de ton âge,
Moi qui, né quand la France à bout de la Terreur
Acclamait ce consul qui se fit empereur,
Ai donc vu dévorer par l'hydre politique
Trois empereurs, trois rois et mainte république.

Au banquet de la vie où les Dieux m'ont admis
Convive assez heureux, j'ai trouvé des amis (1);
Mais la mort chaque jour, en m'oubliant moi-même,
Par des hôtes nouveaux remplace ceux que j'aime.
Tu vois que ton ami, quoique toujours dispos,
A sa dernière étape a besoin de repos.
Aussi dans sa retraite il n'admet que la Muse,
Soit que dans son parterre avec elle il s'amuse
A cultiver des fleurs pour orner son tombeau,
Soit que de ta critique empruntant le flambeau
Et revoyant à fond une étude première,
Sur quelques points obscurs il porte la lumière.

(1) Voir la cinquième note.

Plutarque du Vexin, garde toi d'oublier

Du Corrège français le célèbre atelier.

Installé dans le Louvre, au milieu des princesses,

Santerre fatigué de peindre des duchesses (1)

Dont le portrait jamais n'était assez flatté,

Se choisit pour élève une jeune beauté

Que reflète depuis chacune de ses toiles.

Sous la figure d'Eve, il la peignit sans voiles,

Sous celle de Thérèse, il voila ses attraits

Et de la sainte à peine on distinguait les traits ;

Cependant sur l'autel sans un pieux artifice

L'éclat de ses beaux yeux eut compromis l'office (2).

Plutarque ayant souvent franchi le Pont-Euxin

Tu pourrais bien aussi de notre cher Vexin

Franchir de temps en temps la modeste frontière.

Et même si parfois d'une gloire étrangère

(1) « Santerre, né à Magni, près Pontoise, a été surnommé le Corrège françois à cause de la fraîcheur de ses carnations. »

D'ARGENVILLE, *Vies des peintres du Roy.*

L'église de Magny possède, grâce à M. Potiquet, un tableau de ce maître représentant une Madeleine repentante.

(2) Louis XIV ordonna que ce tableau, placé sur l'autel dans la chapelle de Sainte-Thérèse, au château de Versailles, fût voilé pendant les offices. Voir la sixième note.

Il a sur ses coteaux vu briller un rayon,

Noter ce jour heureux d'un trait de ton crayon.

Ainsi voilà Boileau sur le rocher d'Hautisles

Célébrant le manoir et la Seine et ses îles.

Plus tard de Lamartine inspiré par la croix

Les échos de La Roche ont répété la voix (1).

Bien loin de ces grands noms des deux rivaux d'Horace

J'entrevois avec toi d'autres fils du Parnasse.

Puis viendront ceux de Mars ; que d'illustres guerriers !

Et que de fois un myrte au milieu des lauriers !

Si Mars a des congés, Thémis a des vacances,

Tu la verras ici sans code et sans balances

Entre Flore et Pomone, après de doux loisirs

De Diane et de ses sœurs partageant les plaisirs (2).

L'Église plus rigide et les cloîtres austères

T'offriront à leur tour quelques grands caractères.

(1) *La Semaine sainte à La Roche-Guyon*, méditation poétique par M. de Lamartine.

(2) **M.** Dongois, greffier en chef du Parlement de Paris, qui passait les vacances à Hautisles, était amateur de la pêche. Plusieurs des hommes illustres de la magistrature et du barreau qui ont laissé des souvenirs dans notre pays étaient chasseurs.

L'erreur même a les siens ; sur la tour du Bastard (1)
Calvin de la Réforme a planté l'étendard,
Quant au château d'Enfer au milieu des ténèbres
Il entraînait la foule à ses prêches célèbres.

Et si de temps en temps, une femme, un doux nom
L'Aubespine, Grignan, Gabrielle ou Ninon,
A charmé le Vexin par l'esprit et les grâces,
Au fond des vieux châteaux tu chercheras ses traces.

Puis la scène a changé quand sur l'humanité
S'ouvrit l'ère moderne et de la liberté.
En notant ses bienfaits, tu citeras les sages
Dont la main a de nous écarté ses orages
Et sauveras leurs noms de l'oubli du trépas.

Quant au tien, cher Alfred, il ne périra pas.
Ses titres sont chez toi l'amour de la Patrie

(1) C'était le nom de la grosse tour du château de Buhy, près de Magny,
domaine de Duplessis-Mornay, l'ami d'Henri IV. Calvin y résida
plusieurs fois et faisait ses prêches au château d'Hazeville, également
près de Magny, auquel les catholiques donnaient le nom d'Enfer, qui est
resté à ce village. C'est un hameau de la fertile commune de Wy, qui
a reçu le surnom de Joli-Village d'Henri IV, dans une partie de chasse
où assistait Gabrielle d'Estrées, alors en résidence à Mantes.

Et du pays natal la sainte idolàtrie.

Un jour de ta chronique en reprenant le fil

L'auteur devra d'abord esquisser ton profil.

A l'œuvre donc, ami, car d'un nouvel ouvrage

Tu vois que le Vexin attend de toi l'hommage.

J'ai reçu, il y a quelques jours, de M. Potiquet, un document très précieux. C'est la publication d'un manuscrit existant dans les archives du département de la Seine-Inférieure et intitulé : *Tableau général de l'Election de Chaumont et Magny en 1772.* In-8°, Bourgeois, libraire, Magny-en-Vexin, 1881.

Ce travail, fait par ordre de M. de Crosne, intendant de Rouen, présente la description de chacune de nos communes par paroisses, avec le nom du seigneur, la taille, la population par feux, la nature du sol, le genre de culture, l'industrie, etc.

La comparaison de ce tableau avec l'état de choses actuel fait bien ressortir les progres accomplis depuis cent ans.

NOTES

PREMIÈRE NOTE

Cette pensée est de Virgile, qui peint l'effroi du laboureur soulevant avec sa charrue des armes rouillées et de grands ossements :

> Agricola, incurvo terram molitus aratro,
> Exesa inveniet scabrâ rubigine pila,
> Aut gravibus rastris galeas pulsabit inanes,
> Grandiaque effossis mirabitur ossa sepulcris.

Voici la traduction de Delille :

> Un jour le laboureur, dans ces mêmes sillons
> Où dorment les débris de tant de bataillons,
> Heurtant avec le soc leur antique dépouille,
> Trouvera, plein d'effroi, des dards rongés de rouille,
> Verra de vieux tombeaux sous ses pas s'écrouler
> Et des soldats romains les ossements rouler.

Delille dit qu'il n'a pas cru pouvoir traduire littéralement *grandia ossa*, « les grands ossements ». Cette expression est cependant d'un puissant effet.

DEUXIÈME NOTE

Épître de Boileau Despréaux à Monsieur le premier
Président de Lamoignon:

> Oui, Lamoignon, je fuis les chagrins de la ville,
> Et contre eux la campagne est mon unique asile.
> Du lieu qui m'y retient veux-tu voir le tableau?
> C'est un petit village ou plutôt un hameau (1)
> Bâti sur le penchant d'un long rang de collines,
> D'où l'œil s'égare au loin dans les plaines voisines.
> La Seine, au pied des monts que son flot vient laver,
> Voit du sein de ses eaux vingt îles s'élever,
> Qui, partageant son cours en diverses manières,
> D'une rivière seule y forment vingt rivières.
> Tous ses bords sont couverts de saules non plantés
> Et de noyers souvent du passant insultés.
> Le village au-dessus forme un amphithéâtre.
> L'habitant ne connaît ni la chaux ni le plâtre.
> Et dans le roc qui cède et se coupe aisément
> Chacun sait de sa main creuser son logement.
> La maison du seigneur, seule un peu plus ornée,
> Se présente au dehors de murs environnée ;
> Le soleil en naissant la regarde d'abord,
> Et le mont la défend des outrages du Nord.

TROISIÈME NOTE

L'église de Vétheuil, l'un des chefs-d'œuvre de la

(1) Haute-Isle, proche la Roche-Guyon, petite seigneurie apparte-
nant à mon neveu, l'illustre M. Dongois, greffier en chef du Parlement

(Note de Boileau.)

Renaissance, fut commencée par François Ier, qui allait souvent à la Roche-Guyon, chez le comte François de la Rochefoucauld, son parrain, et terminée sous Henri II. Elle est classée au rang des monuments historiques. M. l'abbé Amaury, curé de la paroisse, en a publié, en 1863, une description fort intéressante.

QUATRIÈME NOTE

Hallincourt, ancien château fort des seigneurs de Magny. M. Potiquet doit à l'obligeance de M. Arsène Sarazin, de Chaudry, l'un de nos cultivateurs les plus distingués, des renseignements très précieux sur notre ancienne seigneurie.

Presque tous nos châteaux renferment des titres et des documents très intéressants ; j'en nomme seulement quelques-uns et entre autres Copierres, quoique de construction récente, parce que c'est là que peuvent se trouver les titres de la famille de Boury, l'une des plus anciennes et des meilleures du Vexin.

Quant aux papiers des églises, ceux de la paroisse de Villers-en-Arthies ont seuls fait l'objet d'une étude sérieuse. M. A. Benoît, conseiller à la Cour de Paris, en a publié de curieux extraits sous une forme si heureuse que ce travail d'érudition a tout le charme d'une lecture d'agrément.

CINQUIÈME NOTE

L'expression *Banquet de la Vie* se trouve pour la première fois dans le grand poême de Lucrèce : *De Naturâ rerum*. La Nature dit au Vieillard qu'il devrait quitter la terre :

> Convive satisfait du banquet de la vie

> Traduction de M. le premier
> Président LAROMBIÈRE.

La Fontaine a imité Lucrèce :

> Je voudrais qu'à cet âge
> On sortit de la vie ainsi que d'un banquet.

Gilbert, mort à trente ans à l'hôpital, a dit dans sa dernière Elégie :

> Au banquet de la vie, infortuné convive,
> J'apparus un jour, et je meurs.

SIXIÈME NOTE

« Un des plus fameux tableaux de Santerre est celui
» d'Adam et d'Ève, et l'on remarque qu'il les a représentés
» sans nombril. »

« Dans la chapelle du château de Versailles, on voit une
» sainte Thérèse peinte par Santerre. Elle est si belle et
» l'expression en est si vive que ce tableau paraît dangereux
» aux personnes trop susceptibles. On prétend même que
» plusieurs ecclésiastiques évitent de dire la messe à l'autel
» de cette chapelle. »

D'ARGENVILLE, *Vies des peintres du Roy.*

Ce n'est pas d'Argenville, mais les mémoires du temps
qui nous apprennent que Louis XIV, pour remédier aux
inconvénients de la beauté de sainte Thérèse, ordonna de
voiler le tableau pendant la célébration des saints mystères.

Depuis l'exposition de son tableau d'Adam et d'Éve,
Santerre fut toujours en mauvais termes et en lutte avec le
duc d'Antin, surintendant des bâtiments, fonction qui
comprenait la direction des beaux-arts.

Le surintendant, ayant remarqué l'absence de nombril
chez nos premiers parents, ordonna au peintre de leur
restituer cet attribut de l'humanité. Santerre s'y refusa
obstinément en se fondant sur ce qu'ils étaient sortis
directement des mains de Dieu. Le roi ne s'étant pas pro-
noncé et paraissant même prendre plaisir à cette controverse,
la cour se divisa, on se passionna pour ou contre, et il
parut à ce sujet des chansons, des épigrammes et même des
dissertations théologiques.

C'est à la suite d'une discussion très vive avec le duc
d'Antin que Santerre tomba malade et mourut. Il se fit

même à ses derniers moments une sorte d'épitaphe en vers, retrouvée par M. Potiquet, et où il indique la cause de sa mort. Il y désigne la marquise de Montespan, mère du duc d'Antin, par un mot grossier qu'il fait rimer avec le nom du fils.

Imprimerie de Magny. — F. NAIN, directeur.

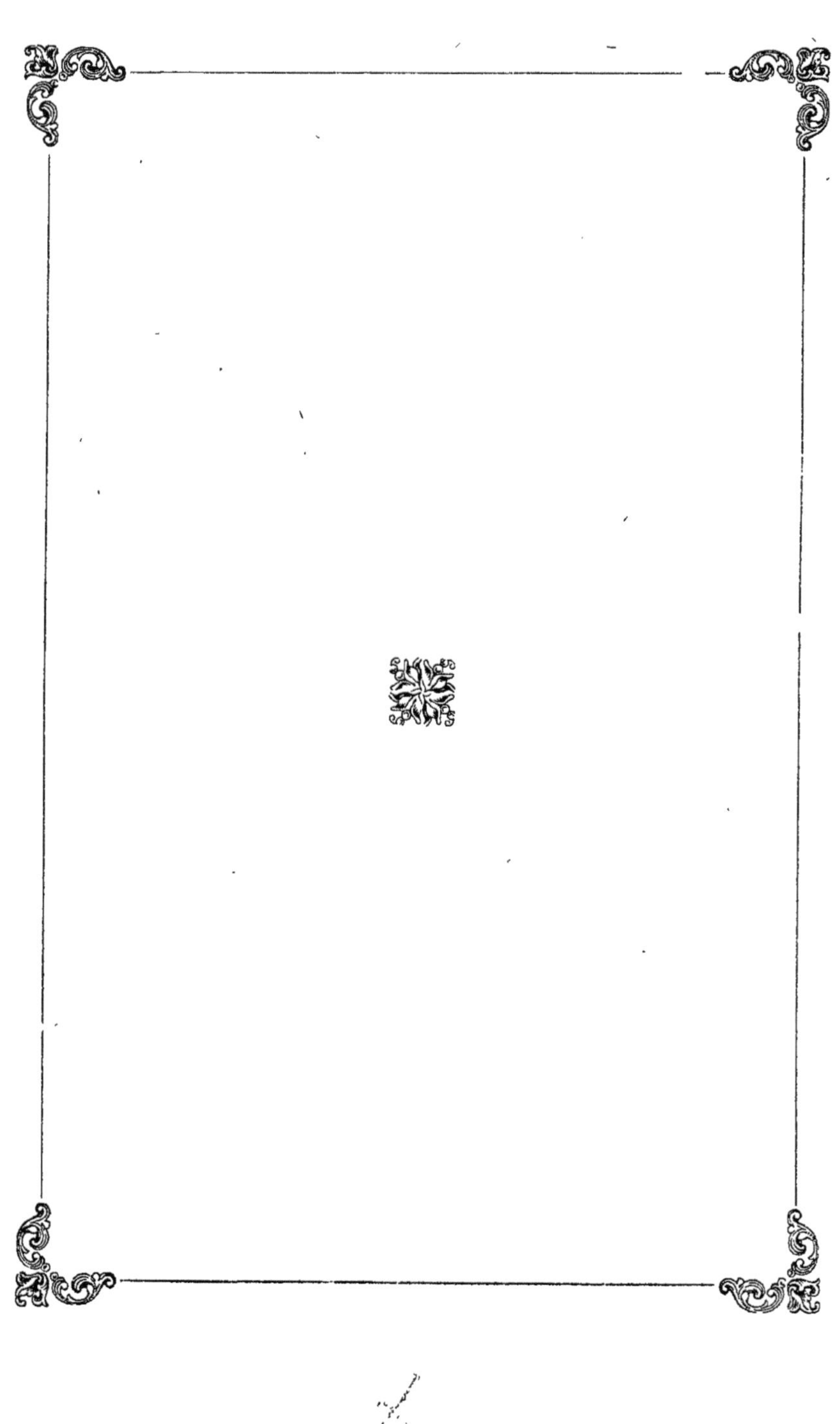

www.ingramcontent.com/pod-product-compliance
Ingram Content Group UK Ltd.
Pitfield, Milton Keynes, MK11 3LW, UK
UKHW022213070726
13613UKWH00004B/1629